JN195012

現代歌人シリーズ
27

たやすみなさい

Tayasumi
nasai

書肆侃侃房

装画・挿絵／安福望
デザイン／駒井和彬（こまゐ図考室）

たやすみ、は自分のためのおやすみで「たやすく眠れますように」の意

✩文書1✩

憶えてる中でいちばん鮮やかな春はフィルムのにおいに満ちて

母がお金をおろす　わたしと弟はウォータークーラーをよろこんでいる

あやとりの最後をかざすようにして車窓に海がひろがってゆく

降ってない中を差してた傘とじてミュージカルなら踊り出すとこ

リビングにつけっぱなしの笑点とわたし思いの母の泣き声

写ってる犬はとっくに居なくって抱いてる僕はほんとうに僕？

ワイパーがぬぐう視界のむこうに灯わたしをとうに忘れた街の

ポケットに入れた切符がやわらかくなるまでひとり春を寝過ごす

きっかけになったけんかはわからない仲直りから始まった夢

すきな原曲のカバーがいいときのしっぽがあればふりたい気持ち

阪急電車のシートを撫でてさかだった毛足が春のあかるさだった

赤ちゃんがマスクのぼくをじっと見るできるだけ目で笑ってあげる

ひとりとひとりとひとりとひとりだけのミニシアターのまばらな嗚咽

アーケードの裂け目にできた陽だまりに探せば探すだけ猫がいる

精細な兵器みたいな顔をしてボビンケースの吐く春の糸

ちょっとそこまで、　と思って出た夜にパーカーが頼りなくてきもちいい

レンタルに落ちてくるまで待っていた映画をいくつ観ずに死ぬかな

☆側溝に積もる桜をAmazonが緩衝材にする世界線☆

こんなとき力になってあげたいのに布団のなかで思うしかない

パーカーの絵文字をさがすパーカーが届いてうれしい気持ちのために

こんな絵文字あるんやね、ってこんな絵文字をなんどか送りあって本題へ

まだ残ってたらでいいしお花見へ行こう箱入りのミスドを提げて

フイルムをたまに買ってた写真屋の跡地のモデルルームの跡地

16 − 17

百均の入り口にフェイクのさくら満開でそのへんで待ってます

くすり　スギ薬局の看板のあれ　知ってた？　神の失笑だって

さわれる位置のはさわらないでさわれそうにないさくらへ手を伸ばす

18 − 19

もう一軒寄りたい本屋さんがあってちょっと歩くんやけどいいかな

お花見のほとりを歩くカラオケのビデオに映るふたりみたいに

場所取りのブルーシートに静けさが座って鳩と仲むつまじい

店じまいするコンビニの減っていく棚の前で誰も泣いたりしない

ミシンフェアの刺繍の音をおみやげに手ぶらの散歩からのただいま

おじぎ草がおじぎから帰ってくるまでを眠って過ごす日曜の午後

ぬいぐるみになると可愛くない系のあなたはスヌーピーみたいだね

写メでしか見てないけれどきみの犬はきみを残して死なないでほしい

好きだった曲を好きなまま歳とっておんなじ歌詞になんどでも泣く

飼い犬にパン齧らせる夕方のこれ以上ないなめらかなこころ

次にやる曲のさわりを鳴らすようにつつじが咲きかけの並木道

前をゆく女のひとは鼻歌がきれいで赤ちゃんを抱いている

ぼくの聴く音楽こそが素晴らしいと思いながら歩く夜が好きだよ

ずっと欲しかった写真集を買って帰り道ずっとうれしくなった

もう何もないだろうけど文庫本の残りページの薄さを撫でる

☆いつもは乗らない☆

並の服屋で流れてきたイントロがその場かぎりで泣けそうにいい

くるまれそうになりながらおじさんがポスターを通路に貼っていく

夏の飲みものの広告に海や空や空気の少しずつちがう青

つかいたい機種が満室で待ちながらそういやシャツの柄いいねそれ

違う部屋の知らない誰かのアルコールのちからからのでたらめなファルセット

好きな曲を検索しては見つけては歌わないままうれしく過ごす

歌詞とリンクしてない映像の中を知らない私鉄が橋をゆきます

ななめには動けないレトロゲームでやさしい速度の弾に撃たれる

獲れそうなスプラトゥーンのクッションのあの発色を暮らしに持ち帰りたい

ラジオだけ聞こえて人は見えなくて風でダンボールは飛びそうで

知ったときからいなかったロックバンドをいるみたいにどこが好きか喋ろうよ

季節を休んでる町が流れてくいつもは乗らない電車の窓に
着くまでのカーブの高架から見えて最寄り駅あのへん？　まぶしいね

おろしたての憂鬱だからできるだけ光の届かない場所で履く

みずうみは大きめの池

大きめの池は水たまり

水たまりは仲のいい雨

綺麗な羽してるなあとで調べよう覚えてたらでいい調べよう

きみのキーホルダーにまたもふもふがふえて儀式にでも使うのか

アイスだけ買うつもりだったスーパーの帰りに猫にやるかつおぶし

駅前に言うほどきらびやかじゃない電飾を　とろい風の夜道を

もうだれも春だとは思わない夜を夏だとも思わずに歩く夜

渡っちゃえ、って渡った信号を渡りきるまできみと笑った

平成はＴＳＵＴＡＹＡの返却ボックスを中までくまなく照らした夕日

すきな作家の新刊をお気に入りの本屋へお気に入りのサンダルで

いつのだか忘れたけど、が件名で餃子の羽根がきれいな添付

返信はしなくていいからアメリカっぽいドーナツでも食べて元気だして

始まる前から終わってしまうのがさびしいときは犬を抱くんだ

まだ早い夜のガソリンスタンドを横切ってサンダルを響かせる

ながつはしちがつのあだ名そう呼ぶと夏のほうから近づいてくる

「もう夏やなあ」

「どっか行くん？」

「や、特に。行くん？」

「ないなあ、まあまた明日」

☆大きな過去が左へ進む☆

はじまった気がするまでが長かった映画で外は雨すごかった

黒板に図示されて過去完了の大きな過去が左へ進む

実際よりだいぶ近くに見えてる気しない？　ニトリの文字でかくない？

高架下のモデルルームのベランダの壁をはさんでこちらがわに世界

イオンの韻を踏む位置に
エディオンを　眺めながらお料理ができますよ

ゴルフ打ちっぱなしの網に絡まってなかなか沈んでかない夕日

地下街の噴水だったのを今も地上のことのように思い出す

建ってない区画に茂ってた夏の黄色はジャスコからもよく見えた

視聴覚室で映画を観たのかも　渡り廊下に風ひどくって

屋上にあった小さな観覧車を記憶をたよりにしてうれしがる

成約のあかつきに貼る薔薇ですが　よかったらぼくちゃんやってみる？

おもちゃ売り場の階までの階のこと記憶のどこをあたってもこわい

飼ってもらえなかった犬に似てるのに飼いたがった気持ちを再現できない

着いて見上げても離れて見てたのと同じでかさでニトリの文字だ

静止画のスライドショーに観たのかも　体育館のとびら重くて

48 − 49

バースデイ　最初の「おめでとう」を聞く洗面台の鏡の前で

聴かせたい曲がYouTubeになくてさわりを歌うきみが良かった

そこにぼくがいない教室から漏れるリスニングテストの声がすき

近い過去の遠い場所での戦争のさっき習った黒板を消す

きみとただ花火したくてよく冷えた水道水を飲みながらした

付かなくて燃やした花火の燃え方がきれいでどうしたらいいんだろう

どう転んだってさびしいカラオケでYeah!のくだりは本気で歌う

ゆっくりとゆっくりと漕ぐ自転車をきみの早歩きのスピードで

✩海岸線のギターフレット✩

アカウント名で呼び合う関係のまま海へ来て名前をはなす

夏空はいちめんソーダフロートでぼくらは底にいるさくらんぼ

アンプ使わないで掻き鳴らすエレキギターの音は初夏になじむね

どこがサビなんだかわからない曲をリュックの軽さみたいにすきだ

かすれずにバレーコードが鳴っていて夢かもな　でも指は痛いな

みぞれ、　みぞれ、　みぞれはぼくの犬の名で祖父が好んだ氷の味だ

サイダーのコップに耳をあててきくサイダーのすずしい断末魔

ギター弾き終えて見つめる指先にたぶん小さな心臓がある

経って知る訃報みたいに見つけたよ飛行機雲のほつれるところ

夕方のサービスエリアで息を吐くあと百年は持たない肺で

夜の暑さはやわらいで夏のほとりのイオンモールのたよりないネオン

交差点の名前がよくてその由来だろうな見下ろす街があかるい

流れない涙のように溜まるから右折レーンにいるとさびしい

行き先に背中をむけて見る窓の景色は初めからなつかしい

紙袋で持たせてもらったネーブルを嗅いでいる一人掛けシートで

何も起こらない映画を見るように降りない駅の眺めを愛す

だれもいないロングシートに正座して子供のぼくが海を見ている

カフェで観るライブのときに厨房で食器のこすれあう音がすき

みずうみを喉を鳴らしてのみました塩らーめんのおいしい店で

地下鉄の乗り場から吹き上げてくる風につつまれながら笑った

たのしみにしてたライブの帰り道で待ち遠しかったことをなつかしむ

イヤフォンをゆるくはめなおして風が歌いだすなら楽しい夜だ

☆ゆぶねさよなら☆

通過待ちであいてるドアの向こうから冬の工事の音がきれいだ

ひさかたのレイ・ハラカミの音色《おんしょく》を選んで傘に跳ねるあまつぶ

映画から逸れた意識はこんなにも誘導灯を愛してしまう

単館上映を観終えてためていたあくびがきもちいい帰り道

人の痛みがよく分からないときがあります　レジ応援おねがいします

ゆぶね、って名前の柴を飼っていたお風呂屋さんとゆぶねさよなら

ここからの坂はなだらで夕映えてムヒで涼しい首すじだった

ぼくの寝息をぼくが聞いてるインターの灯がしのびいる後部座席で

たった今うれしい夢をみていたようれしかったのだけがわかるよ

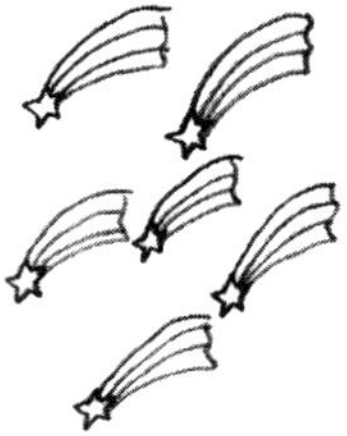

404 not found
初夢のどこにあなたは隠れていたの

あの世にも家電量販店はあって光回線の勧誘も居る

まぶしすぎるテレビ売り場にいくつもの東京的な夜の遠景

暗闇に光る涙を描けるのに蛍光ペンに黒があったら

さよならを言うためだけに乗ってきたバスの背中がうつくしかった

窓に雨粒の流れていくものと細かく付いて留まるものと

貼っているカイロのほうが体温で自分がどこかわかりにくいな

いくつもの家路を支えてる高架下のガストでとっている暖

ゆぶねに浸かるときに感じるさびしさでテレビスターの訃報にふれる

１００円ローソンを出たとき鼻に来た冬のにおいをいいとおもった

缶コーンスープのプルタブを立てて路地に空気の甘くなる夜

なみだめで見つめる団地の窓の灯はいろんな国のはちみつの瓶

れすといんぴいすれすといんぴいすフタの上で液体スープ温めながら

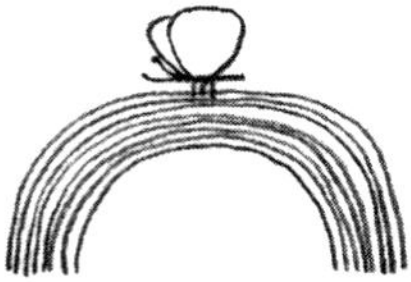

リュック抱きしめて都会の路線図は虹のほつれのようで見上げた

どんな広告コピーにも動かない心で書いた詩をメルカリへ

しあわせは微量なほどに目に見えてフィルムについたケーキをなめる

春を背景に撮ろうとした犬がリードの先でぼくをみる春

すごいのにぜんぜん売れてないひとの歌で泣く鼻セレブでぬぐう

スタバよりミスドがいいねぼそぼそと暗くないこと話したいとき

閉まりぎわのゲオの明かりを浴びながら投げ合う「またね」がリアルだったな

良かったひとを良く思えなくなっていく気持ちを白湯の喉ごしで消す

走ったことはないけれど首都高で聴くと良さげな曲をベッドで

✩ わたしだけのうるう ✩

冬と春のあいだになにか秋っぽいのりしろを見つけてそこにいる

歌詞わからないまま好きな洋楽のそういう良さの暮らしをしたい

ムービングウォークですれちがい首がねじきれるまで見るひとめぼれ

ひやごはんをおちゃわんにぼそっとよそうようにわたしをふとんによそう

わたしいま意匠変更中だからしばらくはからっぽですよろしく

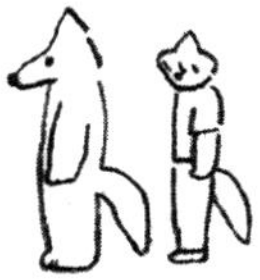

人間はしっぽがないから焼きたてのパン屋でトングをかちかち鳴らす

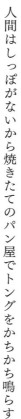

アクエリで夢とか語ろう新緑の野音のおこぼれにあずかって

イメージの老夫婦　過払い金が戻ってうれしそうな老夫婦

90 － 91

タワレコのやわい袋に押し込んで地元のパンをきみに持たせる

渋滞が小室哲哉の転調のようにほどけてひろがる夜景

バスってば窓ばっかりで明るさも暗さも真に受けるのがいいね

自動返信の候補に出た「ありがとう」で返したけど真意だよ

✩ The Future is Mine ✩

戦前を生きるとしてもシネコンにポップコーンのにおいは満ちて

どんな映画でも泣けるよ人間はその気になれば殺すんだもの

時間より光は速いスーパーの青果売り場にしんしんと降り

銭湯のにおいがすると幸せでそういう香水はありますか

発売日の漫画を買って帰りたいこの先どんな歳を生きても

雨よけのビニールありがたかったな　人はさておきタルトは無事で

ふつう家でレジャーシートは敷かないよけれど敷いたらたのしい夕餉

✩ Silent Sigh (reprise) ✩

「生きなきゃ」が「起きなきゃ」に漕ぎつくまでの「う」と「え」における長い逡巡

そういうのいちばんきらいですと言われそれを心に織り込む作業

何も死ぬことは無かったのに、という励ましが死後ぞくぞく届く

ねむるように死にたい布団職人がその目的で仕立てる布団

誰だ？　お前が神か？　俺の手にフリーハンドで生命線を引きやがった奴か

再生がPLAYならREPLAYは再再生どのみちいきづまる生

逃げる夢と帰れなくなる夢があり後者のときはいつもひとりだ

100 — 101

走馬灯になんにも映らないんです再起動とか間に合いますか

夕方にやっと目覚めて出歩けばやけにリアルになびく前髪

数えるほどのはしゃいだ夜のことも忘れる昼間の月を見失うように

窓にうつる自分を見たくなくて見る隣のひとのソシャゲの画面

つまさきに絡めて脱いだ靴下を掲げて今日を休戦します

爪を切る音に安心できるから伸びる時間をまた生きました

ねむくなるとねむいにおいになる犬のねむいにおいをかぎながらねる

土曜日のタオルケットのはだざわりだけだよぼくにやさしいものは

しろたえのふとんのなかでとびきりの宇宙遊泳みたいな二度寝

にんげんがひとり　にんげんがふたり　五月の草に眠れるひつじ

神様は二段ベッドの上にいてときおり下のぼくに手をふる

ぼろぼろのからだをひきずってあしたまたぼろぼろになるためにねる

✩公共へはもう何度も行きましたね✩

A〜C〜の座りのわるい音階が忘れたころに聞こえてくるよ

ステージの逆光に浮かぶ後頭部のみんなが無表情の気がして

おおるあぽろじいず立てた中指で塗りたくるヴィックス・ヴェポラッブ

市バスって市内をまわるバスでしょう？　だのになぜ景色が見慣れない

市役所のボールペンをつなぐ紐が長い　みんなへ首をふる扇風機

やすくいただいた薬がかなり効きました感謝は誰にすればいいですか

Amazonの梱包をとく指先が青く染まってゆく凄い午後

映画館で大きく笑う老人を見かけて生前の祖父だった

夕方のにおいがホームセンターで行き交う誰もが晩年めいて

月の満ち欠けをアプリで見れることをすれちがう子供がうれしそうに

ローカルのテレビニュースのおしまいに流れる夜景、来世でしょうか

あれは赤い観覧車ではなく観覧車が赤く深呼吸をしてるんだ

鍵括弧なしで会話が続いてく場面のように夜、夜明け、朝

Under The War　パブリックビューイング　ラップに巻いたおにぎり持って

予告編のひとつのように見てしまう本編のはじまりいつだって

✩わたしの愛✩

みんな顔を伏せて　わたしを心から愛してる生徒は手を挙げて

降っている桜のなかへ手を伸ばしドライブスルーの会計終える

カジュアルに抱える遺影　Appleの新製品を手に入れたみたいに

アウトレットモールの空は青すぎて見上げていたらお祈りめいて

気づいたら無印にいてうっかりと聴き入っているケルト音楽

覚えてね、まぐれ心を持ってないでくださいね、チャンスは一回しかないよ

デンマークのD、アメリカのA、わたしの愛、ジャパンのJ、わたしの愛

きみはきみわたしはわたし頷きの仕草こんなに似てはいるけど

信仰して生きたいとおも

進行していきたいと思います

駅前に本屋があるということの概念をわれわれは愛そう

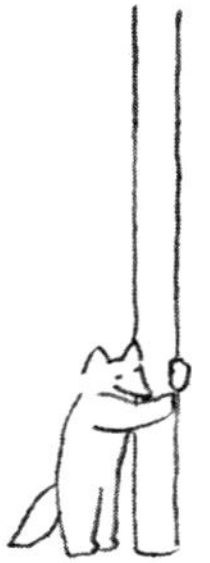

ドーナツの◯からのぞくドーナツの◯からぼくをのぞくきみの目

土砂降りで店から駅へメロコアの出だしのリフのように走った

抱きしめるのにちょうどいい電柱がこんなにあって誰も抱かない

フレンチクルーラーの空気は新緑の季節がいちばんの食べごろさ

電話口のむこうで誰かとたのしそうにしてる声そのあとのもしもし

五月には求める犬にだけひらく十一月への抜け道がある

ライブ音源のＭＣのファッキンが耳にファッキンやさしい夜だ

部屋に音楽が流れてる網戸越しに住んでる町の夜が明けていく

124 − 125

✩ さまざまな音 ✩

モノローグで始まる映画のモノローグの後ろで鳴ってる生活の音

母犬がGoogleマップに写ってる　写ってるよって子犬に見せる

UNOを言い忘れたせいで来たような朝　トレンドに人の死がある

これからっていうのに夏のおしまいに聴くような曲聴いてんの？　いいね

この役の歳より若くで亡くなった俳優のその劇中での死

昔のミスドでかかってたようなオールディーズを聴きたいな昔のミスドのあの空間で

部屋でひとりしずかな漫画を読むときの漫画のなかのさまざまな音

ねるまえにおすすめだよ、ってきみからのリンクが切れて届く音楽

_tfq　既読

？　既読

あっ　既読

おやすみって打ってたつもり　既読

おやすみ

✩ みえる、みだれる ✩

行き先は忘れたけれど空港でアキレス腱を伸ばした記憶

リスニングテストの漏れる校舎から欧米人の巨大な会話

掃除用具入れの扉の隙間から教室に差している夕日のおこぼれが差す

エスカレーターの地割れにのぞくいきものがメロンソーダの光線を出す

点字ブロックの点からの影が午後五時を知らせている高架駅

ラッピング待ちの時間に消えてったさっきさわったつつじのにおい

祖父が四連続で観た、ってエピソードで足りてその映画を観れてない

映像が一部乱れてみんなからはぐれて春のほどよい寒さ

国語便覧が荷台にはためいて
正岡子規が空をみている

落ちてきて画面に光る雨粒をスクリーンショットに撮りかける

あるとして季節の中で春にだけ副音声の鳴っている夜

次にやる曲のさわりを鳴らすようにつつじが咲きかけの東大通

街灯のつもりでみてた丸い月がそうとわかってからふくらんだ

みえなさとみえてなさだけみてたくて観覧車には夜にひとりで

追悼の流れで知ったmixを聴きながら橋を長く歩いた

二回目で気づく仕草のある映画みたいに一回目を生きたいよ

138 – 139

あとがき

昔住んでいた場所で、お酒を飲める歳になった頃だと思う、同じマンションで仲の良かった友人ふたりと思い立って深夜、カラオケ屋さんへ出かけた。さんざん歌ったその帰り道に、声にならないかすれた声でずっと何かを話している。線路沿いの一方通行の広い道路を、もたれかかるようにして自転車をゆっくりと押し歩く、線路の向こうの大きな工場の跡地の上に浮かんだ月のあかりと、道路沿いの小さなスナックのあかりを交互に視界に入れたり入れなかったりしながら。この瞬間のこの気分をずっと忘れない予感は当たって、今こうして、今この瞬間の気分のことのようにたのしんでいる。

この本に収めた短歌に主体があるとするならば、かつて沸き上がって折に触れて思い出す気分、その気分の背景にある時間と光景だ。知らないのに覚えがある、知っているのに覚えはない。今なのに昔、昔なのに今。見知らぬ誰かと誰かの間に静かに横たわる、時間と光景のささやかな差異を歌えていることを願う。

二〇一九年九月

Special Thanks

国府達矢さん
七尾旅人さん
駒井和彬さん
安福望さん
池上規公子さん（葉ね文庫）
吉川祥一郎さん（blackbird books）
本を届けるさとうさん
牛隆佑さん
吉田奈波さん
木下龍也さん
村井光男さん
植本一子さん
長谷川健一さん
東直子さん
田島安江さん
黒木留実さん
藤枝大さん
書肆侃侃房のみなさん
この本を手にとってくださったみなさん

■著者略歴

岡野大嗣（おかの・だいじ）

1980年、大阪府生まれ。歌人。単著に『音楽』『たやすみなさい』『サイレンと犀』『うれしい近況』、共著に『玄関の覗き穴から差してくる光のように生まれたはずだ』『今日は誰にも愛されたかった』。がんサバイバー当事者による、闘病の不安に寄り添う短歌集『黒い雲と白い雲との境目にグレーではない光が見える』を監修。2023年度NHK Eテレ「NHK短歌」選者。

現代歌人シリーズ27
たやすみなさい

二〇一九年十月七日　第一刷発行
二〇二四年五月八日　第六刷発行

著　者　岡野大嗣
発行者　池田雪
発行所　株式会社 書肆侃侃房（しょしかんかんぼう）
〒八一〇・〇〇四一
福岡市中央区大名二・八・十八・五〇一
TEL：〇九二・七三五・二八〇二
FAX：〇九二・七三五・二七九二
http://www.kankanbou.com　info@kankanbou.com

編　集　田島安江
イラスト　安福望
デザイン　駒井和彬（こまゐ図考室）
印刷・製本　シナノ書籍印刷株式会社
©Daiji Okano 2019 Printed in Japan
ISBN978-4-86385-380-5　C0092
落丁・乱丁本は送料小社負担にてお取り替え致します。
本書の一部または全部の複写（コピー）・複製・転訳載および磁気などの記録媒体への入力などは、著作権法上での例外を除き、禁じます。

現代歌人シリーズ

四六判変形／並製

1. 海、悲歌、夏の雫など　千葉 聡　144ページ／本体 1,900 円＋税
2. 耳ふたひら　松村由利子　160ページ／本体 2,000 円＋税
3. 念力ろまん　笹 公人　176ページ／本体 2,100 円＋税
4. モーヴ色のあめふる　佐藤弓生　160ページ／本体 2,000 円＋税
5. ビットとデシベル　フラワーしげる　176ページ／本体 2,100 円＋税
6. 暮れてゆくバッハ　岡井 隆　176ページ（カラー16ページ）／本体 2,200 円＋税
7. 光のひび　駒田晶子　144ページ／本体 1,900 円＋税
8. 昼の夢の終わり　江戸 雪　160ページ／本体 2,000 円＋税
9. 忘却のための試論 Un essai pour l'oubli　吉田隼人　144ページ／本体 1,900 円＋税
10. かわいい海とかわいくない海 end.　瀬戸夏子　144ページ／本体 1,900 円＋税
11. 雨《ふ》る　渡辺松男　176ページ／本体 2,100 円＋税
12. きみを嫌いな奴はクズだよ　木下龍也　144ページ／本体 1,900 円＋税
13. 山椒魚が飛んだ日　光森裕樹　144ページ／本体 1,900 円＋税
14. 世界の終わり／始まり　倉阪鬼一郎　144ページ／本体 1,900 円＋税
15. 恋人不死身説　谷川電話　144ページ／本体 1,900 円＋税
16. 白猫倶楽部　紀野 恵　144ページ／本体 2,000 円＋税
17. 眠れる海　野口あや子　168ページ／本体 2,200 円＋税
18. 去年マリエンバートで　林 和清　144ページ／本体 1,900 円＋税
19. ナイトフライト　伊波真人　144ページ／本体 1,900 円＋税
20. はーはー姫が彼女の王子たちに出逢うまで　雪舟えま　160ページ／本体 2,000 円＋税
21. Confusion　加藤治郎　144ページ／本体 1,800 円＋税
22. カミーユ　大森静佳　144ページ／本体 2,000 円＋税
23. としごのおやこ　今橋 愛　176ページ／本体 2,100 円＋税
24. 遠くの敵や硝子を　服部真里子　176ページ／本体 2,100 円＋税
25. 世界樹の素描　吉岡太朗　144ページ／本体 1,900 円＋税
26. 石蓮花　吉川宏志　144ページ／本体 2,000 円＋税
27. たやすみなさい　岡野大嗣　144ページ／本体 2,000 円＋税
28. 禽眼圖　楠誓英　160ページ／本体 2,000 円＋税
29. リリカル・アンドロイド　荻原裕幸　144ページ／本体 2,000 円＋税
30. 自由　大口玲子　168ページ／本体 2,400 円＋税
31. ひかりの針がうたふ　黒瀬珂瀾　144ページ／本体 2,000 円＋税
32. バックヤード　魚村晋太郎　176ページ／本体 2,200 円＋税
33. 青い舌　山崎聡子　160ページ／本体 2,100 円＋税
34. 寂しさでしか殺せない最強のうさぎ　山田航　144ページ／本体 2,000 円＋税
35. memorabilia/drift　中島裕介　160ページ／本体 2,100 円＋税
36. ハビタブルゾーン　大塚寅彦　144ページ／本体 2,000 円＋税
37. 初恋　染野太朗　160ページ／本体 2,200 円＋税

以下続刊